# Michael J. Dietl

# Untersuchungen über Tasthaare

Antigonos

# Michael J. Dietl

# Untersuchungen über Tasthaare

Unveränderter Nachdruck der Originalausgabe von 1871.

1. Auflage 2024 | ISBN: 978-3-38634-553-8

Antigonos Verlag ist ein Imprint der Outlook Verlagsgesellschaft mbH.

Verlag: Outlook Verlag GmbH, Zeilweg 44, 60439 Frankfurt, Deutschland, info@outlook-verlag.de
Vertretungsberechtigt: E. Roepke, Zeilweg 44, 60439 Frankfurt, Deutschland
Druck: Libri Plureos GmbH, Friedensallee 273, 22763 Hamburg, Deutschland

# Untersuchungen über Tasthaare.

Von M. J. Dietl,

*Med. Stud., Assistenten am physiologischen Institute der Innsbrucker Universität.*

(Mit 2 Tafeln.)

## I.

## Der anatomische Bau der Tasthaare.

Die Tast- oder Spürhaare haben wohl hie und da die Aufmerksamkeit der Naturforscher auf sich gelenkt, man hat an ihnen manche Eigenthümlichkeit bemerkt, manche interessante Beobachtung gemacht, aber ihr eigentliches Wesen, wie es der physiologischen Function entspricht, scheint noch nicht erkannt worden zu sein.

Einer genaueren Untersuchung wurden sie von G e g e n b a u r gewürdigt, welcher die Resultate derselben in der Zeitschrift für wissenschaftliche Zoologie [1] niederlegte; auch coursiren einige seiner Angaben in den Lehrbüchern der Histologie unter dem einschlägigen Capitel.

Von den letzteren ging ich bei meinen Untersuchungen aus, weil sie vieles an meinen ersten Beobachtungen über diesen Gegenstand unerklärt liessen. Die Sammlung meiner Präparate hatte nachgerade eine erkleckliche Anzahl (mehrere hundert) erreicht, indem die Durchmusterung des einen zur Anfertigung des nächsten aufforderte.

Naehdem ich so durch die Durchforschung der anatomischen Verhältnisse mir über ihre Einrichtung und Function eine in den Grundzügen sichere Vorstellung verschaffen konnte, nahm ich nachträglich Einblick in die Originalarbeit G e g e n b a u r's.

---

[1] G e g e n b a u r, Zeitschrift für wissenschattliche Zoologie, 3 Bd. 1851, pag. 13.

Dieselbe veranlasst mich zu folgender kritischen Bemerkung.

Gegenbaur hat wohl die meisten Gebilde, welche die Tasthaare constituiren, eingehend auf ihre histologischen Elemente geprüft und die letzteren als solche studirt, aber über deren Concurrenz zu dem sinnreichen Mechanismus dieses Sinnesorgans *(sit venia verbo)* war er im Irrthum: das zeigte mir der erste Blick auf die von ihm beigegebene Zeichnung, welche einen Längsschnitt darstellen soll, die jedoch aller Wahrscheinlichkeit nach nicht einem Präparate entnommen ist, sondern nur die in Folge der Untersuchungsmethode unvollkommene Vorstellung des Beobachters wiedergibt und den thatsächlichen Verhältnissen so ziemlich in keiner Weise entspricht.

Es liegen hier Verhältnisse und Gebilde vor, die Gegenbaur nach seiner Darstellungsweise keinesfalls gesehen haben kann, und doch sind sie zu augenfällig, als dass man sie übersehen, und zu wichtig, als dass man sie übergehen könnte.

Ferner hat Steinlin über Tasthaare gearbeitet[1] und sie in Bezug auf ihren Wechsel untersucht. Dass auch er das meiste unbeachtet gelassen, kann ich mir nur erklären, wenn ich mich erinnere, wie viele interessante und zur weiteren Verfolgung des Gegenstandes verlockende Beobachtungen ich in Hinsicht des Haarwechsels im Vorbeigehen bei meinen Untersuchungen machte.

Bei den hier vorliegenden Angaben habe ich vor allem nur die Schilderung des anatomischen Baues im Auge, indem die Ermittlung des feinen histologischen Details an sehr wichtigen Punkten noch nicht zum Abschluss gediehen ist.

Was die Tasthaare von den übrigen wesentlich unterscheidet, ist die Grösse ihrer Follikel, der Bau des Haarbalgs, dessen Blutgefässverhältnisse und Nervenreichthum, ihre Papille und endlich ihr Bewegungsapparat.

Über Grösse und Form der Follikel gibt Gegenbaur einiges an; sie ist verschieden und entspricht im Allgemeinen

---

[1] Dr. W. Steinlin, zur Lehre von dem Bane nnd der Entwicklung der Haare. Zeitsch. f. rat. Med. IX., 1850, pag. 288.

der Grösse der Tasthaare selbst. Eine genauere Untersuchung [1] der anderweitigen Merkmale nahm ieh bei der Katze, dem Kaninchen, der Maus, dem Fuchse und theilweise bei der Fledermaus vor; ich fand übrigens, dass der Typus der Einrichtung bei allen diesen Thieren derselbe bleibe und nicht sehr wesentliche Differenzen darbiete.

Die Follikel der Tasthaare sind von einem sehr resistenten Balge umgeben, der in das Gewebe der Oberlippe locker eingebettet ist und selbe beinahe in ihrer ganzen Dicke durchdringt. Die in der hinteren Partie situirten Follikel liegen sehief von vorn und innen nach rückwärts und aussen; weiter gegen die Nase hin werden sie spärlicher, kleiner und liegen weniger schief.

Der grösste Theil der Musculatur ist dort wenigstens, wo die Tasthaare besonders zusammengedrängt sind, für diese allein geschaffen. Über ihre Anordnung wird später eingehender gesprochen werden.

Der Haarbalg bietet eine eigenthümliche Gestaltung dar. Ein gelungener Schnitt durch die Oberlippe der ein Tasthaar von seinem Austritt durch den Follikel bis durch die Papille getroffen hat, lässt, scheinbar zwischen äusserer Wurzelscheide und Haarbalg, ein vielmaschiges Netz erkennen, in das allenthalben Blutzellen eingelagert sind. Nach oben weicht dieses Netz zu einem ansehnlichen freien Cavum auseinander, das ebenfalls dicht mit Blut erfüllt ist. Das letztere scheint schon beobachtet und seiner Natur nach erkannt worden zu sein, wie ich aus dem Titel einer französischen Arbeit entnehme, welche sich als Note sur les poils du tact des mammifères et l'existence d'un sinus sanguin

---

[1] Die Untersuchungsmethode bestand in der Anfertigung von Längs- und Querschnitten durch die Follikel, zumeist auch durch die ganze Substanz der Oberlippe. Zu dem Ende wurde letztere in Alkohol, oft auch früher durch einige Zeit in sehr verdünnter Chromsäure gehärtet, in eine Mischung von Wachs und Öl eingebettet und ihr so mit einem Rasirmesser die Schnitte entnommen. Selbe wurden dann entweder mit Karmin gefärbt, oder mit Blauholzextract tingirt, in jedem Falle durch Nelkenöl aufgehellt und der Einschluss durch Damara besorgt; einige Gewebspartien untersuchte ich auch in Glycerin.

dans la membrane propre de leur follicule [1] ankündigt; sie war mir bis jetzt leider nicht zugänglich.

Dass hier Blutzellen ausserhalb der Gefässe liegen, wurde von Gegenbaur nicht beobachtet, dagegen führt er selbst die Angaben eines älteren Forschers, Gurlt's an, welcher berichtet [2], dass zwischen den Fäden, welche „den äussern und inneren Haarbalg" verbinden, Blut ist.

Gegenbaur meinte, dass Gurlt das Gefässnetz nicht gesehen habe.

Auch Steinlin übersah diese Verhältnisse, er erwähnt nur, dass die Gefässe, welche in den Haarbalg eindringen, und bei Tasthaaren „in dem lockeren Zellgewebe zwischen Haarsack und der äusseren Wurzelscheide" liegen, sich verästeln und während der Häärungsperiode blutreicher seien, so dass eine im Haarbalg gelegene „Zwischensubstanz" blutroth erscheine [3].

Eine genauere Untersuchung der Beziehungen, in welchen das erwähnte Netzwerk und Cavum zu den angrenzenden Theilen steht, ergibt folgendes:

Die innere Faserlage des Haarbalgs ist in den unteren Partien zu einem allseitig von vielen kernhaltigen Faserbündeln durchkreuzten Hohlraum ausgedehnt; das dadurch zu Stande gekommene Balkenwerk geht also von jenem Theil des Haarbalgs aus, der für den Hohlraum die äussere Wand bildet und den wir die äussere Lamelle des Haarbalgs nennen wollen und heftet sich an die innerste dünne Lage seiner Bündel an, die von der äusseren Wurzelscheide nur durch die structurlose Membran getrennt sind, und die wir als innere Lamelle bezeichnen. Die gewählten Benennungen entsprechen der des „äusseren und inneren Haarbalges" Gurlt's (siehe oben), die, wie man sieht, auch gar nicht unpassend ist. So sind die Verhältnisse, die durch die untere Hälfte der schematischen Figur 1, *A* veranschaulicht werden, von der Papille bis über die Hälfte des Follikels nach oben. Von dort ab gestaltet sich die Sache anders; das Balken-

---

[1] L. Vaillant in Gaz. méd. No. 30, Henle und Meissner Bericht über die Fortsch. der Anat. und Physiol. im J. 1862, S. 96.

[2] Gegenbaur l. c. pag. 19.

[3] Steinlin a. a. O. pag. 290.

werk schliesst plötzlich ab und es bleibt, wie erwähnt, nur ein
mit einem Blutcoagulum erfüllter, annähernd sphärischer Sinus
(Fig. 1, *B, i*), der in der Mitte vom Haar und seinen Scheiden
nebst der inneren Faserlamelle des Balgs durchzogen ist, und
ausserdem noch ein Gebilde (*k*) enthält, dessen bei der Besprechung des Details gedacht werden soll. An dem Gewölbe
des Sinus, wo die äussere Wand desselben sich zur inneren um-
biegt, sieht man an Längsschnitten wieder sparsame kurze
Balken (Fig. 11, *m*). Im Bereiche des noch übrigen freien Raums
vom Sinus bis zur Kuppe des Follikels liegen höher oder tiefer
die relativ kleinen Talgdrüsen und zwar im Gewebe des Balgs,
nicht wie Gegenbaur angibt[1] und abbildet in dem der äussern
Wurzelscheide.

Ich kann nicht unterlassen, nochmals auf die innere Lamelle
des Haarbalgs zu sprechen zu kommen und sie in ihrem ganzen
Verlaufe zu verfolgen; sie entsteht an der Kuppe des Sinus
(Fig. 1 *m*) durch dessen Einlagerung in das Gewebe des Balgs
und legt sich daselbst an die structurlose Haut an, welche die
äussere Wurzelscheide umgibt, begleitet dieselbe wie eine neue
accessorische Scheide, schlägt sich um den Bulbus, lässt einige
Fasern mit in die Papille ziehen, während der grösste Theil einen
bindegewebigen Stiel benützt, der durch das auch den Bulbus
umgebende Maschenwerk zur Papille zieht, um sich an dem
ersteren wieder in die äussere Lamelle des Balges umzubiegen,
welche weitaus stärker ist, da sie ja als eigentlicher Haarbalg
fungirt. Diese Verhältnisse sind in Fig. 1 und 4 wiedergegeben.

Untersucht man das Gewebsbalkenwerk genauer, so bemerkt
man besonders schön an Hämatoxylinpräparaten allenthalben
Kerne in und längs desselben.

Da ich nun aus nicht injicirten Präparaten über das Verhältniss jener Räume, in denen die Blutkörperchen lagen, nicht
ins Reine kommen konnte, so versuchte ich alsbald Injections-
präparate anzufertigen, welche mir auch den gewünschten Auf-
schluss gaben. Das erstemal wählte ich eine wässrige Masse und
zwar lösliches Berlinerblau; leider war in den Follikeln, trotzdem

---

[1] Gegenbaur. l. c. pag. 22.

dass das Thier durch Verbluten getödet wurde, noch so viel Blut zurückgeblieben, dass die Detailverhältnisse oft verdeckt wurden; auch kam ich zur Überzeugung, dass sich wässerige Massen für diese Objecte überhaupt nicht eignen. Doch sah ich schon zweierlei, erstens, dass in dem Maschenwerk ein Gefäss- und Capillarnetz wirklich bestehe, zweitens, dass Injectionsmasse aus den Gefässen in die Hohlräume ausgetreten war und sich besonders im Sinus angesammelt hatte, ohne dass ich befürchten sollte, ein Extravasat vor mir zu haben, indem der in Anwendung gewesene Druck ein sehr geringer war.

Viel bessere Dienste leistete mir mit Berlinerblau gefärbter Leim, mit dem ich die Thiere meist noch warm injicirte. Die Füllung ist dabei, wie ich auch durch die Untersuchung anderer Organe des Kopfes ermittelte, eine vollständige und lässt nichts zu wünschen übrig.

Die Speisung des Follikels geschieht durch Arterienstämm- chen, die von allen Seiten und in jeder Höhe demselben zustreben, ihn durchbohren, ohne an ihm Äste abzugeben, in dem Cavum angekommen das oft erwähnte Netzwerk durchsetzen, entweder sich sogleich verästeln und capillar werden, oder in verschiedener Richtung weiter ziehen, um endlich theils das Haar mit seinen mächtigen Hüllen zu umspinnen, theils aber und zwar vorzugs- weise sich ebenfalls im Maschenwerke verästeln und dasselbe mit einem capillaren Netz so zu durchsetzen, dass dieses an die Fasern des ersteren angelehnt erscheint. (Fig. 3.)

An einzelnen Stellen treten jedoch besonders mächtige Ge- fässe ein und zwar am unteren Theil des Follikels durch dieselbe Öffnung, welche die später zu erwähnenden Nervenbündel passiren; diese Gefässe ziehen meist weit hinauf und verästeln sich erst zahlreich in der Nähe des Blutsinus: ferner ganz unten am Grunde (Fig. 4), wo die vorzugsweise für die gefässreiche Papille bestimmten Gefässe eintreten; ausserdem nimmt noch die von den Talgdrüsen occupirte Stelle oft bedeutende Gefäss- ästchen aus der unmittelbaren Umgebung auf.

Bemerkenswerth ist vor allem das schon im Vorbeigehen geschilderte Verhalten der Capillaren zum Fasergerüste: ihre Kerne sind es, die man an Hämatoxylinpräparaten den Fasern

entlang ziehen sieht (siehe S. 66). Ausserdem liegen aber noch
in den Zwischenräumen der Gewebsbalken Blutzellen, während
die Injection, wenn sie nicht zu lange fortgesetzt wurde, wohlbe-
grenzte Formen der Beobachtung darbietet. Es findet nämlich
die Injectionsmasse für gewöhnlich eben wegen der angehäuften
Blutzellen keinen Platz, aus den Gefässen auszutreten, als höch-
stens im Sinus; setzt man sie jedoch länger fort, so bricht sie
sich doch Bahn und ist dann neben den gefüllten Capillaren
formlos mit dem Blut gemischt vorzufinden.

Die beschriebenen Eigenschaften kommen nun jener Gewebs-
formation zu, die wir die cavernöse nennen und es wird fortan
jetzt diese Bezeichnung in Gebrauch gezogen werden. Die
weiteren Erörterungen werden die Berechtigung derselben
erhärten.

Was in den vorhergehenden Zeilen angegeben wurde,
bezieht sich auf die untere Hälfte des Haarbalgcavums (Fig. 1 *A*),
An diese schliesst sich nach oben der venöse Sinus (Fig. 1 *B, i*)
an. Derselbe ist unter allen Umständen und meist sehr dicht mit
Blut erfüllt. Selbst als ich durch die Gefässe des Kopfes eines
eben getödteten Thieres einen reichlichen Strom Wasser trieb
und demselben einen Strom verdünnter Chromsäurelösung nach-
sandte, fand ich bei der Untersuchung im cavernösen Gewebe
zwar weniger Blutzellen, reichlich dagegen noch im Sinus. Eine
wässerige Injection des Sinus zeigt die Masse formlos mit dem
Blut gemischt, bei Leiminjectionen präsentirt sich dieselbe auf
Querschnitten als gefärbter Meniscus.

Es wäre nun zu entscheiden, welchen Weg das in das
cavernöse Gewebe und in den Sinus ergossene Blut von da aus
nehme. Ich bin in der Lage, darüber einige positive Aufschlüsse
zu geben. Ich hatte erst im Sinne, eine Veneninjection zu ver-
suchen; selbe erschien mir aber nach folgender Beobachtung
überflüssig. Ich bereitete Präparate, die einer Oberlippe der nicht
injicirten Seite entnommen waren; es findet sich in diesen
meist eine geringere durch die Anastomosen der Gefässe beider
Gesichtshälften bewerkstelligte Injection. Während man nun auf
der direct injicirten Seite wohl allseitig gefüllte Capillaren, aber
nur im Sinus ausgetretene Injectionsmasse fand, bemerkte man
hier sehr spärliche arterielle Reiserchen, die sich bei den Leim-

massen durch ihren scharf geformten Verlauf charakterisiren, und Capillaren, jedoch auch dickere Venenstämme, welche sich als solche schon durch ihre lockere ungleichmässigere Füllung verriethen und an vielen Stellen ungeformte Injectionsmasse im cavernösen Gewebe und im Sinus; ich glaubte mich daher zu der Annahme berechtigt, dass die letztere auf dem Wege der venösen Anastomosen durch die venösen Ausmündungen des Cavums in dasselbe eingedrungen sei.

In der That beobachtete ich mehrere Stellen, welche mir dafür als Belege erschienen, nämlich das Gewölbe des Sinus, in den direct ein von der Lederhaut der Oberlippe unter den Drüsen herkommender, im Gewebe des Haarbalgs befindlicher, mit bröcklicher Injectionsmasse erfüllter Gang mündet, wie er in Fig. 2 und 11 angedeutet ist (*n*), ferner jene Stellen, an welchen sonst grössere Arterienäste einzutreten pflegen, nämlich die Durchgangsstelle der Tasthaarnerven. Dort war die in das cavernöse Gewebe eingedrungene Injectionsmasse angehäuft und konnte direct in die Vene eine kleine Strecke verfolgt werden.

In Bezug auf die erste Stelle machte ich eine beweisende Beobachtung an dem Blutsinus eines Fledermaustasthaars; derselbe zeigte am Gewölbe deutlich seine Ausmündung in ein mit Blutzellen reichlich gefülltes Gefäss, das durch den Haarbalg durch noch eine gute Strecke in die Lederhaut der Oberlippe verfolgt werden konnte und nur als Ausweg des im Sinus angesammelten Blutes gedeutet werden kann.

Ausserdem scheinen sich überhaupt an jenen Stellen, wo Arterien in das Haarbalgcavum eintreten, Venen zu constituiren, welche eben mit dem letzteren in unmittelbarer Communication stehen.

Es wurde bemerkt, dass die innere Sinuswand von der inneren Haarbalglamelle gebildet werde; diese trägt einen eigenthümlichen, in den Sinusraum hineinragenden, meist schildförmigen Körper, über dessen eigentliche Natur ich bis jetzt nur Vermuthungen habe. Derselbe umfasst in seiner grössten Breitenausdehnung die innere cylindrische Sinuswand etwa zu $3/4$ und präsentirt sich daher an Längsschnitten, die ihn nochan zwei Stellen trafen, als zwei meist ungleich grosse, scheinbar an der inneren

Sinuswand aufgehängte Lappen (Fig. 1, 2, 9, 10, 11, *k*); eine genaue Besichtigung ergibt, dass die Fasern der inneren Haarbalglamelle, die zwischen ihm und der äusseren Wurzelscheide liegen, als dünne Lage, aber ohne Unterbrechung durchziehen (Fig. 5). Dadurch, dass Bindegewebsfasern in seinem obern Rand (beim Fuchse weiter unten) in ihn eindringen, gewinnt der Anschein, dass er aufgehängt sei.

An Querschnitten (Fig. 8) erweist er sich als ein je nach der Höhe der Durchschnittsstelle grösserer oder kleinerer Meniscus, oder von sichelförmiger Form; er ist nur lose mit der inneren Sinuswand verbunden, daher beobachtet man an Längsschnitten öfter, dass er in seiner ganzen Länge losgelöst, nur oben durch ein Faserbündel angeheftet, in Sinus flottirt.

Um mir über seine Gestalt eine genaue Vorstellung zu ermöglichen, zerlegte ich ihn in Querschnitte, die ich in regelmässiger Folge untersuchte; ich erhielt wenigstens an diesem, einem Kaninchen entnommenen Objecte erst einen Durchschnitt von ovaler Form, dann zwei zusammenhängende Menisci, die bald in einen verschmolzen, nach und nach breiter wurden und eine grössere Krümmung zeigten, dann rasch kleiner wurden, bis endlich der nächste Schnitt voraussichtlich nur mehr cavernöses Gewebe bringen konnte. Der untersuchte Körper hatte daher eine schildförmige Gestalt, war senkrecht auf die Haaraxe sehr, parallel zu ihr wenig gewölbt, und trug oben zwei, unten einen Lappen.

Seine freie Fläche ist bei allen Thieren, die ich darauf untersuchte, ausser beim Fuchse, höckerig, beim Kaninchen oft sogar wie mit Excrescenzen besetzt und erscheint, wenn die flaschenförmigen Talgdrüsen sehr gross und die Sinushöhle dadurch verengt ist, an Längsschnitten polypenartig verbildet.

Ich habe noch nachzutragen, dass jene Seite des Sinus, gegen welche dieses Gebilde seine Concavität kehrt, also jener Raum, der zwischen seinen seitlichen Hörnern frei bleibt, von engmaschigem cavernösen Gewebe ausgefüllt ist, wie es Fig. 8 ersichtlich macht.

Was seine histologische Structur anbelangt, so besteht er in seiner Grundlage aus einem faserigen Gewebe, das ihn von seinem Insertionsrande an der inneren Sinuswand gegen den

unteren freien Rand und gegen seine Oberfläche hin durchzieht,
und hier die erwähnten Hügel formirt (Fig. 5). Dieses Gewebe
ist in seiner ganzen Ausdehnung von schönen, theils runden, theils
polygonalen, deutliche Kerne enthaltenden Zellen durchsetzt.
Das Fasergewebe lässt sich sehr gut an in Alkohol erhärteten
und mit Karmin gefärbten Präparaten erkennen, während die
Zellen an Chromsäurepräparaten, besonders bei Anwendung von
Glycerin, deutlich zur Anschauung kommen (Fig. 6). Die topo-
graphische Beziehung dieses Körpers (den ich so lange, bis ich
gewisses über seine physiologische Bedeutung weiss, den
schildförmigen Zellkörper nenne), in welcher er zu den
Nerven des Follikels steht, wird bei der Besprechung derselben
erwähnt werden.

Was die Papille anbelangt, so bietet sie bei den Spür-
haaren manche Eigenthümlichkeiten dar; sie liegt entweder mit
dem Haarschaft in einer Flucht, oder, was oft der Fall ist, sie
weicht durch eine leichte Biegung von der Axe desselben ab. Ihr
Verhältniss zum cavernösen Gewebe wurde schon oben bei der
Besprechung der inneren Haarbalglamelle berührt (siehe S. 66).
In Vergegenwärtigung dessen ist ersichtlich, dass die Haar-
zwiebel gewissermassen frei in dem cavernösen Raume liegt; die
Papille steht mit dem ausserhalb des Follikels befindlichen Gewebe durch einen bindegewebigen Stiel in Verbindung, welcher
den Grund des Balges durchbohrt, während er das cavernöse
Gewebe passirt, durch Fasern verstärkt wird, die der äusseren
und inneren Wand desselben entstammen; er schliesst die der
Papille angehörigen Gefässe ein, ausserdem schicken aber auch
die Gefässe der unteren Partie des cavernösen Gewebes mit den
erwähnten Zellgewebsfibrillen feine Zweigchen zur Papille. Das
Gewebe derselben lässt sich auf guten Durchschnitten weit nach
aufwärts verfolgen, so dass sie den Eindruck eines zierlichen
Knaufes mit langer, schmaler Spitze macht. Die nicht unansehn-
lichen Gefässe bilden ein äusserst reiches Capillarnetz, das ebenfalls eine weite Strecke, oft bis in die Höhe des Sinus reichlich
mit Injectionsmasse erfüllt wird.

Es erübrigt noch, der Nerven der Tasthaarfollikel zu ge-
denken, wenigstens insoweit, als es sich nicht um deren letzte
Verzweigung handelt.

Nerven besitzen die Tasthaare in erstaunlicher Menge. Sie treten an den Grund des Haarbalgs heran, durchbohren ihn in Begleitung von Gefässen, wenden sich im cavernösen Gewebe nach aufwärts gegen das Haar zu, verästeln sich in diesem Verlaufe vielfach, und man sieht sie an Querschnitten, je höher oben dieselben im cavernösen Gewebe geführt sind, um so zahlreicher in kreisförmiger Anordnung das Haar umgeben und dessen äusserer Wurzelscheide auch um so näher liegen.

Jedes Nervenästchen ist von den zarten Fasern des cavernösen Gewebes umhüllt. Am Grunde des Sinus haben die Ästchen bereits die innere Wand des Blutraumes erreicht und drängen sich nun besonders zahlreich zwischen den schildförmigen Körper und die zarte Faserlage der inneren Haarbalglamelle. Ausserdem ziehen noch einige Nervenbündel durch das oben erwähnte cavernöse Gewebe im venösen Sinus (Fig. 8).

Über den schildförmigen Zellkörper hinaus habe ich die Nervenfasern zur Stunde noch nicht mit Sicherheit verfolgen können, was mir bei der grossen Menge derselben auffallend erschien; ich glaube vielmehr annehmen zu müssen, dass der schildförmige Zellkörper mit den Nerven in sehr naher anatomischer Beziehung steht, und in der That beobachtete ich auch an einem Präparate die Umbiegung mehrerer Nervenfasern in den obern Rand des schildförmigen Körpers. Es ist nicht unwahrscheinlich, dass er als Träger der letzten Nervenausläufer fungire. Genaue Angaben des weiteren gewiss interessanten Verhaltens sollen einer nächsten Untersuchung vorbehalten bleiben.

Ich habe nun noch Einiges über den Bewegungsapparat der Tasthaare, d. i. über die Anordnung der ihnen eigenen quergestreiften Muskelfasern anzuführen, welche im Grossen und Ganzen ziemlich complicirt ist.

Ich beobachtete in dieser Hinsicht vorzüglich folgende Verhältnisse.

1. Die quergestreiften Muskelbündel ziehen von der Kuppe eines Haarbalgs zum Grunde des nächsten (Fig. 10) und zwar nur in einer Richtung, so dass sie jedesmal von dem oberen Ende des weiter seitwärts gelegenen Follikels zum Grunde des gegen die Nase zu benachbarten ziehen. Sie entspringen oben theils von Haarbalg selbst, theils aus der unmittelbaren Umgebung

desselben, was für den physiologischen Effect, der in dem Aufrichten oder Sträuben der Haare besteht, ziemlich gleichwerthig ist. Es ist selbstredend, dass die Action dieser Muskelfasern jedesmal die beiden betheiligten Follikel in demselben Sinne in Bewegung setzt.

2. Die Muskelbündel umschlingen in einem Faserlauf, der senkrecht auf die Axe des Haares steht, den Follikel und zwar:

*a)* so, dass das eine Ende des umschlingenden Bündels wieder zum anderen zurückkehrt (Fig. 12) oder

*b)* so, dass die Schlingenschenkel divergiren.

Diese Muskelbündel heften sich auch zum Theil während ihres Verlaufs an den Haarbalg an, oder entspringen von ihm, um sich den anderen beizugesellen (Fig. 12, 13). Der Totaleffect besteht darin, dass sie die Haare drehen.

3. Die von der Kuppe eines Follikels kommenden Fasern umschlingen den Grund eines anderen in einer schraubenförmigen Tour (Fig. 15); sie können sich auch mit anderen, in entgegengesetzter Richtung schief nach abwärts ziehenden kreuzen und man erhält dann, falls der Durchschnitt eben nur ein Segment des Follikels abträgt, jenes Bild wie es Fig. 14 wiedergibt. Diese Muskelanordnung ist darnach angethan, den Follikel zu heben.

Zum Schlusse will ich noch auf einige Unterschiede aufmerksam machen, die sich an den Tasthaarfollikeln der verschiedenen Thiere finden.

Fig. 2 entspricht einem der Katze entnommenen Präparate. Die äussere Wurzelscheide bewahrt so ziemlich im ganzen Verlaufe die gleiche Stärke, die sie zwischen Talgdrüsen und Sinusgewölbe angenommen und verschmälert sich erst ganz unten bei Beginn des Haarzwiebels. Das cavernöse Gewebe ist ziemlich engmaschig, der schildförmige Zellkörper ist nur mit kleinen Höckern versehen, die Talgdrüsen sind acinös.

Beim Kaninchen (Fig. 9) ist der Follikel in seinen unteren Partien etwas schmächtiger, das cavernöse Gewebe zart und weitmaschiger, die äussere Wurzelscheide verschmächtigt sich im untern Drittel des cavernösen Gewebes.

Der schildförmige Körper ist mit kolbigen Excrescenzen
versehen, der Blutsinus oft durch die erweiterten flaschenförmigen
Talgdrüsen comprimirt.

Bei der Maus (Fig. 10) ist der Follikel in der Gegend des
Sinus breiter, das cavernöse Gewebe engmaschig, die äussere
Wurzelscheide im Verlaufe durch den Sinus ansehnlich verdickt,
zur Aufnahme des nicht vielhöckerigen schildförmigen Körpers
mit einer Aushöhlung versehen, welcher derselbe sich anpasst;
im weiteren Verlaufe durch das cavernöse Gewebe wird die
Wurzelscheide schmächtig; Talgdrüsen acinös.

Die Follikel des Fuchses (Fig. 11) zeichnen sich aus durch
eine vom Sinusgewölbe bis zum Bulbus mächtige äussere Wurzelscheide, vor dem Bulbus zeigt die innere Wurzelscheide regel-
mässig wenigstens eine Anschwellung, auf Kosten der äusseren;
der schildförmige Zellkörper ist niedrig aber dick, mehr in seiner
Mitte der inneren Sinuswand angelegt, der Sinus oft von langen
Gewebsbalken durchzogen, besonders an seinem Gewölbe; Talgdrüsen acinös.

So viel über den anatomischen Bau.

Was die Reflexionen betrifft, die sich aus ihm für die Phy-
siologie der Spürhaare ableiten lassen, so müssen sie zum Aus-
gangspunkt nehmen das Vorhandensein des cavernösen Gewebes,
dessen Füllungsgrad wahrscheinlich mit dem Seelenzustande
des Thieres im Zusammenhang steht, ferner den ausserordent-
lichen Reichthum an Nerven, sowie den sinnreichen Bewegungsapparat.

# Erklärung der Abbildungen.

Fig. 1. Schematische Darstellung des Baues der Tasthaare, besonders des Haarbalgs im Längsschnitt.

　　*a* der Haarschaft,
　　*b* äussere Haarbalglamelle,
　　*c* innere Haarbalglamelle,
　　*d* cavernöses Gewebe zwischen beiden,
　　*e* äussere,
　　*f* innere Wurzelscheide,
　　*g* die Papille,
　　*h* ein Bindegewebsstiel, die Papillen-Gefässe einschliessend,
　　*i* venöser Blutsinus,
　　*k* der schildförmige Zellkörper,
　　*l* Talgdrüsen,
　　*m* Sinusgewölbe.
　　*A* Bereich des cavernösen Gewebes,
　　*B* Bereich des Blutsinus.

Fig. 2. Längsdurchschnitt durch ein Tasthaar der Katze.

　　*a—m* wie in Fig. 1,
　　*n* Ausmündung des Blutsinus,
　　*o* eintretender Nervenast,
　　*p* Blutcoagulum im Sinus,
　　*q* quergestreifte Muskelfasern.

Fig. 3. Hartnack Syst. 4, Oc. 2. Querdurchschnitt durch ein injicirtes Tasthaar eines Kaninchens im Bereich des cavernösen Gewebes. Verhältniss des Capillarnetzes zu den Gewebsbalken.

　　Bezeichnungen wie in Fig. 2. *o* Nervenquerschnitte.

Fig. 4. Hart. Syst. 4. Oc. 2. Längsschnitt durch den Grund eines theilweise von der Vene aus injicirten Tasthaarfollikels des Kaninchens, mit der Papille.

　　Bezeichnungen wie in Fig. 1.
　　*r* durch Venen eingedrungene Injectionsmasse,
　　*s* eine venöse Mündung des cavernösen Gewebes.

Fig. 5.[1] Längsdurchschnitt des von der inneren Haarbalglamelle etwas abgelösten schildförmigen Zellkörpers vom Kaninchen. Alkoholpräparat mit Karmin tingirt.

---

[1] Fig. 5, 6, 7 Hart. Syst. 7, Oc. 2 ausgez. tubus.

*a* äusserste Zellenlage der äusseren Wurzelscheide,

*b* die structurlose Haut,

*c* die innere Haarbalglamelle,

*d* der schildförmige Zellkörper,

*e* einige, von Sinusgewölbe kommende Gewebsbalken.

Fig. 6. Des schildförmigen Zellkörpers unterster Theil im Längsschnitt, von der Katze, Chromsäurepräparat mit Glycerin behandelt.

*a* cavernöses Gewebe, das die untere Wand des Blutsinus bildet,

*b* Blutzellen,

*c* der schildförmige Zellkörper, fragmentarisch,

*d* Nervenbündel, zwischen dem letzteren und der äusseren Wurzelscheide in der inneren Haarbalglamelle gelegen.

Fig. 7. Querschnitt des schildförmigen Zellkörpers der Katze, karminisirtes Chromsäurepräparat.

*a—c* wie in Fig. 5,

*e* Nervenbündel-Querschnitte mit den Axencylindern.

Fig. 8. Dasselbe bei schwächerer Vergrösserung ohne Berücksichtigung histologischer Details.

*a* äussere,

*b* innere Haarbalglamelle,

*c* freier Sinusraum,

*d* der schildförmige Zellkörper,

*e* cavernöses Gewebe,

*f* Wurzelscheiden.

*g* Nervenquerschnitte.

Fig. 9. Hart. Syst. 2. Oc. 2. Längsschnitt eines Kaninchen-Tasthaarfollikels, ohne Berücksichtigung histologischer Details, Bezeichnung wie in Fig. 2.

Fig. 10. Hart. Syst. 4, Oc. 2. Dasselbe von der Maus.

*u* querdurchschnittene Muskelfasern.

Fig. 11. Dasselbe vom Fuchse.

Fig. 12. Zwei Querschnitte von Tasthaarfollikeln der Maus, von quergestreiften, theilweise sich am Haarbalg inserirenden Muskelfasern umschlungen.

Fig. 13. Ein Querschnitt eines Kaninchen-Tasthaarfollikels mit einer dasselbe umgreifenden, sich an den Haarbalg inserirenden Muskelfaser.

Fig. 14. Der untere Theil des Haarbalgs eines Maus-Tasthaarfollikels mit sich kreuzenden Muskelbündel.

Fig. 15. Der Grund eines gleichen Follikels bei *a* mit spiralig umgreifenden, bei *b* mit geradlinigen Muskelfasern.